NOTICE

SUR LA

SOCIÉTÉ DE GYMNASTIQUE ET DE TIR

La Phocéenne

FONDÉE EN AVRIL 1879

Mens sana

in

corpore sano

C'est par la Gymnastique que pourra renaître la beauté plastique, hélas ! si profondément déchue ; c'est par elle que se rétabliront les proportions et la rectitude des formes, si rares aujourd'hui et sans lesquelles, qu'on le sache bien, il n'est ni équilibre, ni bon fonctionnement organique, ni santé possible.

E. PAZ.

MARSEILLE

Janvier 1893

NOTICE

SUR LA

SOCIÉTÉ DE GYMNASTIQUE ET DE TIR

La Phocéenne

FONDÉE EN AVRIL 1879

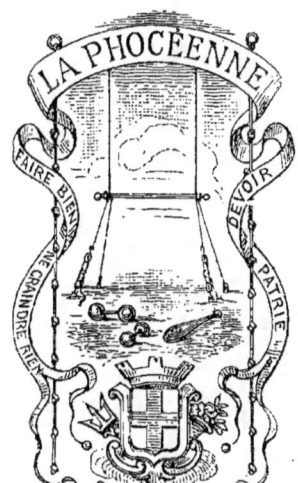

Mens sana

in

corpore sano

C'est par la Gym-
nastique que pourra
renaître la beauté plas-
tique, hélas ! si pro-
fondément déchue ; c'est
par elle que se rétabli-
ront les proportions et
la rectitude des formes,
si rares aujourd'hui et
sans lesquelles, qu'on
le sache bien, il n'est
ni équilibre, ni bon
fonctionnement orga-
nique, ni santé possible.

E. PAZ.

MARSEILLE

Janvier 1893

NOTICE

SUR LA

SOCIÉTÉ DE GYMNASTIQUE ET DE TIR

LA PHOCÉENNE

Deux mots sur l'histoire de notre Société, dédiés à ceux qui ont pris à tâche, non seulement de l'aider, mais de la créer et de lui prêter l'appui de leur nom et de leur autorité, diront déjà son but sérieux et la considération à laquelle elle a droit comme toutes ses sœurs françaises.

Première *Société de Gymnastique* dans le Midi, *La Phocéenne* fut, en avril 1879, fondée sur l'initiative de :

M. L. MOYNIER, inspecteur des Douanes, Président fondateur, et M. E. FOURNIER, Trésorier fondateur, Président honoraire et membre actif aujourd'hui.

Elle se plaça aussitôt sous la présidence d'honneur de :

M. LE PRÉFET des Bouches-du-Rhône.

M. LE GÉNÉRAL commandant en chef le XVᵉ Corps d'Armée.

M. LE MAIRE de Marseille.

Après le départ de M. L. MOYNIER, que son avancement appela à Paris, la Présidence active fut successivement occupée par :

M. P. DUBIAU, capitaine en retraite, chevalier de la Légion d'Honneur, de 1880 à 1882.

M. H. DE MONTRICHER, ingénieur, de 1882 à 1883, tous deux anciens adjoints au Maire de Marseille, M. EDMOND FOURNIER, fondateur, de 1884 à 1889, qui travaillèrent au développement de notre Société, heureuse de les conserver, avec M. L. Moynier, comme Présidents honoraires.

M. BERNARD, de 1889 à 1891.

M. DUBIAU, de 1891 à 1892.

Au début, grâce à la bienveillante publicité dont nous favorisa la Presse, notre Société recueillit des adhésions plus nombreuses qu'on n'avait osé l'espérer. Mais cela tenait sans doute à l'attraction de la nouveauté, car peu après elle reperdait nombre de ses membres, venus sans connaître son vrai but, sa réelle raison d'être.

La Phocéenne, après une épuration laborieuse, se réorganisa, s'administra sévèrement, devenant alors vraiment *Société de Gymnastique et de Tir*. Son recrutement plus scrupuleux lui donna plus de vitalité, plus d'utilité certainement aussi.

Nous n'en voulons pour preuve que les états de service des sociétaires que l'Armée nous a pris. Tous, au régiment, ont rapidement conquis leurs premiers grades ; plusieurs des nôtres ont fait vaillamment, brillamment même, campagne à Madagascar, au Tonkin et au Dahomey ; un de nos camarades, blessé dans cette dernière colonie, en est revenu décoré de la médaille militaire pour sa belle conduite. Nous comptons enfin parmi nos sociétaires actifs plusieurs officiers de l'Armée active, de la réserve et de l'Armée territoriale.

Après ce rapide exposé de son origine, de son existence et de ses premiers services, hâtons-nous de dire que, en travaillant à son extension et à sa prospérité, *La Phocéenne* ne poursuit nullement un but égoïste et personnel. Elle ne fait qu'apporter sa part d'efforts à l'action commune de toutes les Sociétés de Gymnastiques de France.

On n'a pas assez ressenti dans le Midi cet élan patriotique qui, après 1870, a fait créer simultanément dans tout l'Est et le Nord des Sociétés de Gymnastique et de Tir. On ignore trop aussi, dans notre région, la considération dont jouissent à juste titre ces associations et les encouragements qu'elles reçoivent de tous, dans les départements qui ont vu de près l'invasion allemande.

Le Gouvernement donne cependant le premier l'exemple. Non seulement il encourage tout ce qui tend au développement de la Gymnastique et du Tir, mais il s'immisce aujourd'hui dans l'organisation de ces Sociétés, dont il exige la composition exclusivement française. Il les patronne officiellement, préside leurs fêtes, alloue des prix pour leurs concours, etc.

Pourquoi cette sollicitude exceptionnelle ?

Demandons-le aux chefs de corps qui reçoivent des recrues ayant passé par les rangs de ces Sociétés, y ayant acquis outre les principes de discipline, cette vigueur corporelle et cette énergie virile qui font le vrai soldat.

Demandons-le aux hygiénistes, à tous ceux enfin qui, à un titre quelconque, s'intéressent au relèvement physique et moral de notre vieille race gauloise.

Les sociétés de Gymnastique ne sont pas de simples associations créées pour l'unique plaisir, l'unique amusement de leurs membres. Elles ont au contraire un but patriotique utile, une action salutaire sur l'ensemble de la population française, dont les muscles ne sont pas toujours à la hauteur du cœur.

Elles renforcent certainement notre armée en bons et solides sujets capables d'augmenter la valeur de ses cadres.

Elles fournissent à la France de solides chefs de familles. Elles offrent enfin, à la jeunesse de notre cher pays, dès qu'elle quitte l'école, une distraction hygiénique excellente qui contrebalancera sûrement, peu à peu, les effets fâcheux de tant d'autres distractions malsaines recherchées par désœuvrement plus que par goût.

Nous répétons donc hardiment : *La Phocéenne* n'a pas en vue son unique avantage en venant solliciter le concours et l'appui de tous les Français de notre région. Elle accomplit un devoir commun à toutes les Sociétés de Gymnastique de France, devoir de propagande en faveur de la Gymnastique, du Tir et de tous les exercices tendant à augmenter notre valeur physique et morale

La Phocéenne doit donc, comme toutes ses aînées de l'Est et du Nord, trouver dans sa région l'appui moral et le concours effectif de tous ceux qui, à un titre quelconque, peuvent l'aider dans sa tâche d'intérêt général : *Nos Corps élus, les Associations patriotiques et philanthropiques, le Corps médical, le Corps enseignant, tous les Français* individuellement et particulièrement *la Jeunesse Marseillaise* qui ne connaît pas suffisamment l'existence de notre Société.

La Phocéenne pour remplir sa mission de propagande, outre la considération et l'appui moral qu'elle mérite par son but même, a besoin d'une aide pécuniaire très large.

Elle doit ouvrir ses rangs à tous, pauvres ou riches, et surtout attirer à elle, dès la sortie des classes, tous les jeunes gens qui souvent dans leurs premières années de travail n'ont que de modestes ressources. Elle doit donc n'avoir qu'une cotisation modique à la portée de tous.

L'ambition de *La Phocéenne* est de poursuivre sa propagande tant par des fêtes données à Marseille que par des sorties destinées à créer dans le département de nouvelles Sociétés. Elle s'est efforcée, à grand peine jusqu'à présent, de se constituer un capital de réserve qui lui permette un jour de s'installer dans un local à elle et de vivre par elle-même. Mais elle ne peut y arriver de longtemps si elle n'obtient de *la Ville et du Département* un concours effectif plus large que les faibles subventions accordées lors de sa fondation, à titre d'encouragement, mais jamais augmentées.

Nous nous adressons d'abord à *la Ville* qui, la première, nous doit en quelque sorte protection et encouragement, puisque c'est à la population de Marseille *d'abord* que notre existence peut offrir des avantages.

Marseille ne peut moins faire que les plus petites villes du Nord, qui favorisent si largement leurs Sociétés de Gymnastique et de Tir ; ou qu'Alger, pour ne pas regarder au Nord. Alger dotait, il y a deux ans, sa Société de Gymnastique naissante d'un vaste terrain et l'envoyait peu après, aux frais de la Ville, prendre part à un concours dans le centre de la France.

Marseille n'a pas de Gymnase municipal ; nous pensons qu'elle acceptera facilement d'utiliser le besoin d'extension de notre Société et son ardent désir de propagande pour lui faciliter la création d'un établissement qui en tiendrait lieu.

La Phocéenne sollicite de *la Ville* la concession d'un local que la Société gréerait et qui deviendrait son siège définitif.

La Phocéenne pourrait mettre alors son gymnase et ses moniteurs à la disposition de *la Ville* à certaines heures, soit pour les exercices des pompiers, soit pour ceux des enfants des écoles communales, leurs concours, etc.

Sans avoir la charge d'un Gymnase municipal, de son entretien et de son personnel, *Marseille*, au prix de modestes sacrifices atteindrait ainsi le même but en ce qui concerne l'Enseignement de la Gymnastique dépendant de son Administration.

Le local demandé devrait être le plus possible au centre de la Ville, de façon que *La Phocéenne* pût faire appel aux jeunes gens de tous les quartiers. Elle serait alors heureuse de prêter son concours à *la Ville* en toute occasion, de participer à ses fêtes, de vivre enfin comme vivent dans leurs villes respectives toutes les Sociétés de Gymnastique de France.

Nous demandons au *Département* une subvention plus importante, car une fois son œuvre sérieusement assise à Marseille, notre Société devra travailler à créer de nouveaux groupes gymnastiques dans les localités environnantes.

Chaque chef-lieu de canton, chaque commune devrait avoir un Gymnase qui serait le lieu de réunion et de distraction des jeunes gens, anciens ou futurs militaires.

Que n'avons-nous comme en Suisse, dans chacun de nos villages, un groupe de gymnastes et de tireurs.

Nous devons encore nous rappeler au souvenir de Messieurs les *Députés* et *Sénateurs*, non seulement de notre département, mais de tout le pays afin qu'ils saisissent toutes les occasions d'appuyer le mouvement national en faveur de la Gymnastique.

La Presse peut et doit concourir largement à notre œuvre. Nous ne lui demandons d'autre subvention que celle de sa publicité, mais il ne faut pas qu'elle se limite à de simples « Avis —

Communications diverses. » — Il faudrait que la
Presse Marseillaise entière (il n'y a pas de nuance
politique en matière de patriotisme) prit à cœur
de plaider la cause de la Gymnastique et du Tir,
comme elle plaide les questions d'enseignement,
d'hygiène, de moralité publique et toutes celles
intéressant directement la nation, la patrie.

Nous lui demandons de moins nous ignorer et
de rappeler notre existence et notre incontestable
utilité par de fréquentes études de la Gymnastique
et du Tir sous leurs diverses faces, leurs effets,
le but de ceux qui cherchent à rendre sa pratique
plus générale, etc...

Aux *Médecins*, nous demandons d'appuyer de
l'autorité de leurs conseils et de leur propre propagande les efforts croissants faits pour vulgariser
la Gymnastique. Mieux que personne ils en con-
naissent et peuvent en prôner les bienfaits et en
conseiller la pratique.

Le *Corps enseignant* est certainement déjà un
des plus utiles auxiliaires que comptent les Sociétés
de Gymnastique. Nos *Instituteurs* ne donnent-
ils pas à nos enfants cette première éducation
physique qui leur donnera le goût des exercices,
goût que nous cherchons à développer ?

Nous avons peu à réclamer au *Corps enseignant*.
Nous avons plutôt à lui payer notre tribut de
remercîments et de reconnaissance pour sa colla-

boration précieuse. Nous désirons toutefois que nos *Instituteurs* usent de leur influence pour faire connaître davantage et rappeler souvent aux élèves comme aux parents l'existence des Sociétés de Gymnastique qui ne sont en quelque sorte que la continuation de l'école au point de vue physique.

Notre programme nous oblige naturellement à nous rapprocher des Sociétés poursuivant comme nous un but patriotique. Nous espérons bien ne pas faire vainement appel à nos sœurs marseillaises pour consacrer par des rapports plus fréquents et cordiaux notre solidarité de fait ; heureux si des premiers nous pouvons être utiles à nos amis en patriotisme.

Nous entendons parler de la *Société de Tir*, des *Sociétés Colombophiles* et des *Sociétés d'Escrime* de Marseille, que nous verrions avec plaisir aider à notre propagande chez elles, en poursuivant la leur dans nos rangs.

D'autres associations, les *Sociétés Philanthropiques*, les *Sociétés de Secours Mutuels*, peuvent aussi travailler efficacement à notre propagande en nous faisant connaître à leurs nombreux adhérents et cela non sans utilité pour elles-mêmes.

Si la Mutualité, en effet, permet de lutter contre la maladie et d'assurer quelques ressources aux vieillards, la Gymnastique, pour les jeunes gens, ne prévient-elle pas la maladie et n'est-elle pas une assurance de santé pour leurs vieux jours ? Tous les Mutualistes ne doivent-ils pas dès lors s'intéresser et s'associer à notre Œuvre ?

Nous achèverons notre notice par un chaleureux appel à tous nos concitoyens. Nous espérons que nous n'aurons pas vainement plaidé la cause des Sociétés de Gymnastique et que toutes les personnes dont l'influence peut, à un titre quelconque, nous être utile, voudront bien nous accorder leur bienveillant concours. L'actif de notre Budget étant uniquement composé des cotisations de ses Membres actifs, des souscriptions volontaires de ses Membres honoraires et des subventions de l'Etat, du Département et de la Ville, nous nous adressons surtout à ceux de nos compatriotes qui ont une situation établie, soit dans une profession libérale, soit dans le commerce et l'industrie. Devenant nos Membres honoraires ils recommanderons moralement notre association à leurs nombreux subordonnés.

Nous comptons enfin que la *Jeunesse Marseillaise* tiendra à honneur de venir grossir largement nos rangs.

Nous comptons environ 100 Membres actifs ; mais qu'est ce chiffre pour une Ville de 400,000 âmes, alors que chaque Ville de 40 à 50,000 âmes, dans l'Est, compte généralement plusieurs centaines de Gymnastes ?

Ce n'est pas par 100 ou 150 que Marseille devrait compter les siens, mais par milliers. Nous devrions avoir pour camarades tous les jeunes gens, pauvres ou riches de l'âge de 17 ans, âge auquel nous pouvons les recevoir jusqu'au service militaire.

Nous ne reviendrons pas sur l'avantage qu'ils trouveront personnellement, ni sur l'honneur qu'ils auront à participer à une œuvre utile et française entre toutes. Nous croyons avoir suffisamment démontré cela et nous sommes persuadés que notre appel sera entendu de tous les cœurs qui comprendront la double devise de la *Société de Gymnastique et de Tir « La Phocéenne. »*

« Faire bien, ne craindre rien. »

Devoir Patrie

Marseille, Janvier 1893.

28, rue Peirier

CONSEIL D'ADMINISTRATION

Président	MM. Gabriel Maurin
Trésorier	Edmond Fournier
Secrétaire	Daniel Marcellin
Vice-Secrétaire	Paul Fournier

Conseillers

Blot	Merhein
Buchet	Raoul du Plessis
Combarnous	Ripert

Marseille. — Barlatier et Barthelet.

Barlatier & Barthelet - Marseille